勇敢小火車

卡爾的特別任務

文圖★賴馬

藍色小火車卡爾和他的媽媽溫蒂，都在咕咕鎮的火車貨運站工作。

溫蒂，
今天還好嗎？

很好，
大熊站長！

卡爾，
鎮上貓奶奶家
的貨送到了嗎？

嗯，
送到了。

這天下午，來了一個很特別的客人——
是聖誕老公公！

聖誕老公公說：「請幫我送這些禮物。」

大熊站長問：「距離聖誕節還很久，
現在就要送禮物了嗎？」

「這不是聖誕禮物唷！ 是勇氣禮物，
要送給很勇敢的小朋友。」

ho~ho~ho~

聖誕老公公笑著拿出了一張海報。 海報上寫著：

「鼓起勇氣克服困難， 就會獲得聖誕老公公的特別禮物。」

「你的勇敢我們都知道。 加油！」

鼓起勇氣克服困難
就會獲得聖誕老公公的特別禮物

BRAVE

加油！

你的勇敢
我們都知道。

ho~ ho~ ho~

大熊站長看了看海報說：
「原來是這樣呀， 沒問題，
明天我們的火車溫蒂一定會
幫您送到。」

溫蒂！
有特別任務了。

呵！呵！呵～

隔天早上，火車溫蒂載好禮物，準備出發。

噗—噗—噗—嘘——— 噗—噗—噗—嘘———

糟糕！沒辦法發動，故障了！

怎麼回事？

檢查後，發現是一個零件壞了，
要換新的才行。
大熊站長趕緊打電話聯絡。

啊！要下午嗎？
嗯……嗯……
好，那就麻煩您了。

「看來， 溫蒂今天不能出任務了。」大熊站長說。

「那這些禮物該怎麼辦？」大家七嘴八舌的討論。

「噹！噹！噹！」這時， 突然有個鈴聲響起，
是小火車卡爾發出來的。

他說：「雖然沒去過那麼遠的地方， 不過……
可以讓我試試看嗎？」只在咕咕鎮送過貨的
小火車， 很想幫媽媽的忙。

大熊站長想了一會兒， 說：「沒有更好的辦法了，
看來這次要請小火車出大任務囉！」
「我們一起做好準備吧！」媽媽鼓勵卡爾，
並交給他一枚勇氣徽章。
徽章是溫蒂以前克服困難所獲得的。

豬先生幫卡爾掛上勇氣徽章，
再換上超亮的前頭燈。

大熊站長拿著地圖仔細說明送貨地點。
「送完禮物後，還要再去
找獅子先生……」

好的。

輸入地圖和
地址來導航。

北

火車貨運站

黑

我們在這裡

咕咕鎮

回貨運站

神木

再去找
獅子先生

可可市

至
送

加油！

路上小心喔！

咕咕館

cafe

CARL

出發了！

今天要去很遠的地方。

小火車看著地圖，

「要先經過黑森林……」

是一片又高又濃密的森林。

「莎！莎！莎！」樹被風吹得一直搖晃。

還不時傳來一些古怪的聲音⋯⋯

「看起來陰森森的，應該不會有什麼怪物吧⋯⋯」

小火車有點害怕。

　　一二三四五六七

　　慢慢呼吸別慌張

　　巨人騎士鐵金剛

　　我是不怕小勇士

卡爾一邊唸著從前媽媽教他的口訣，

一邊搖鈴進入森林裡。

噹噹噹⋯⋯

咕ㄆㄚ

吱ㄓ

嘰ㄐ哩ㄌ
嘰ㄐ哩ㄌ

咕ㄍㄨ咕ㄍㄨ

好ㄏㄠˇ多ㄉㄨㄛ聲ㄕㄥ音ㄧㄣ傳ㄔㄨㄢ來ㄌㄞ，

卡ㄎㄚˇ爾ㄦˇ仔ㄗ細ㄒㄧˋ看ㄎㄢˋ，蝴ㄏㄨˊ蝶ㄉㄧㄝˊ、青ㄑㄧㄥ蛙ㄨㄚ、

小ㄒㄧㄠˇ鳥ㄋㄧㄠˇ、松ㄙㄨㄥ鼠ㄕㄨˇ、蟋ㄒㄧ蟀ㄕㄨㄞˋ和ㄏㄜˊ烏ㄨ鴉ㄧㄚ……

「還ㄏㄞˊ好ㄏㄠˇ！ 沒ㄇㄟˊ有ㄧㄡˇ什ㄕˊ麼ㄇㄜ怪ㄍㄨㄞˋ物ㄨˋ。」

嗒ㄓㄚ

嘎ㄍㄜ嘎ㄍㄜ

嘰ㄐ

嘰ㄐ

噗ㄆㄨ噗ㄆㄨ

穿（ㄔㄨㄢ）過森林，小火車就到了第一個送禮物的地方。
是送給小紅毛猩猩的。
小紅毛猩猩收到禮物好開心，
卡爾成功送出第一件禮物也很開心。

耶！

小猩猩：
你好棒，現在不怕高了！
還會幫忙摘水果。
這是送給你的禮物和徽章。
聖誕老公公

紅毛猩猩爸爸也
送給卡爾一箱蘋果。

星星蘋果園
自己採

小火車看著地圖繼續往前進，接下來要經過
一條很暗的隧道。

「好黑啊！裡面會不會有奇怪的東西……」
卡爾打開前頭燈往隧道裡照。

啪！啪！啪！

「啊！是什麼東西飛出來？！」
卡爾既緊張又害怕。

一二三四五六七
慢慢呼吸別慌張
巨人騎士鐵金剛
我是不怕小勇士

原來只是幾隻蝙蝠和小鳥。

「進去吧！」

卡爾鼓起勇氣進入隧道裡。

呱！

啪！

啪！

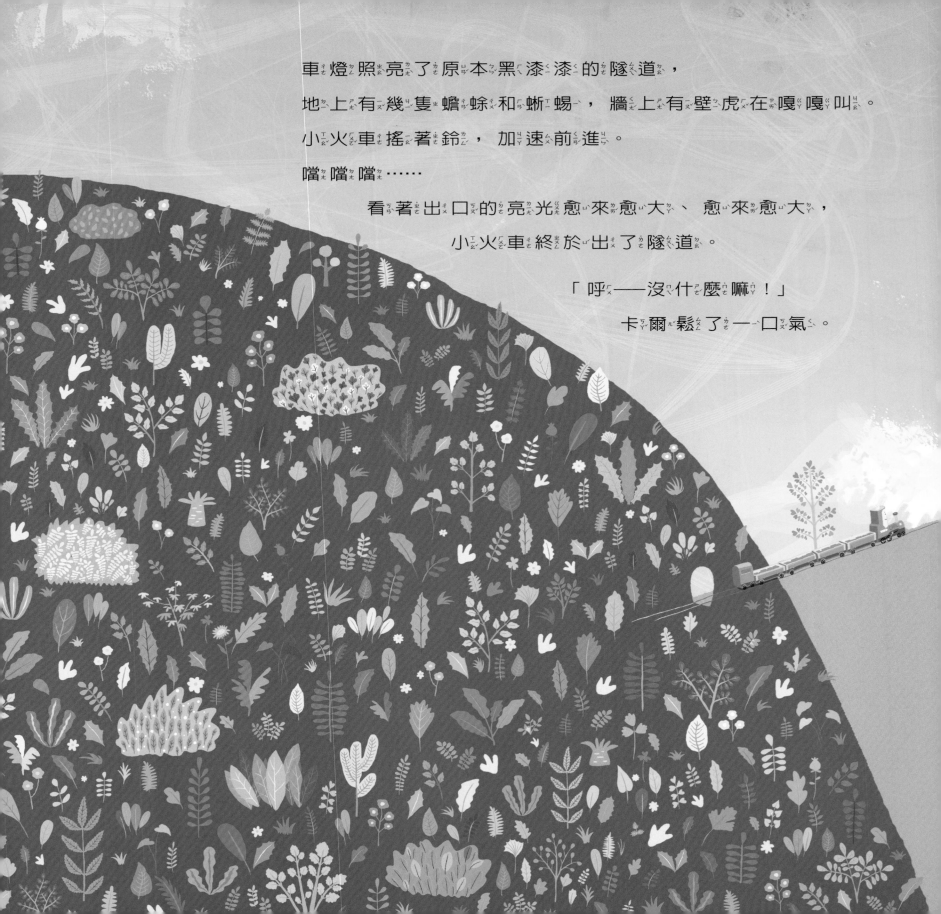

車燈照亮了原本黑漆漆的隧道，
地上有幾隻蟾蜍和蜥蜴，牆上有壁虎在嘎嘎叫。
小火車搖著鈴，加速前進。
噹噹噹……

看著出口的亮光愈來愈大、愈來愈大，
小火車終於出了隧道。

「呼——沒什麼嘛！」
卡爾鬆了一口氣。

通ㄊㄨㄥ過ㄍㄨㄛ隧ㄙㄨㄟ道ㄉㄠ， 小ㄒㄧㄠ火ㄏㄨㄛ車ㄔㄜ到ㄉㄠ了ㄌㄜ第ㄉㄧ二ㄦ個ㄍㄜ送ㄙㄨㄥ禮ㄌㄧ物ㄨ的ㄉㄜ地ㄉㄧ方ㄈㄤ，

是ㄕ送ㄙㄨㄥ給ㄍㄟ牛ㄋㄧㄡ大ㄉㄚ寶ㄅㄠ的ㄉㄜ。

牛ㄋㄧㄡ大ㄉㄚ寶ㄅㄠ：
你ㄋㄧ好ㄏㄠ勇ㄩㄥ敢ㄍㄢ， 騎ㄑㄧ腳ㄐㄧㄠ踏ㄊㄚ車ㄔㄜ真ㄓㄣ的ㄉㄜ
好ㄏㄠ難ㄋㄢ， 我ㄨㄛ還ㄏㄞ不ㄅㄨ會ㄏㄨㄟ騎ㄑㄧ呢ㄋㄜ！
這ㄓㄜ是ㄕ送ㄙㄨㄥ給ㄍㄟ你ㄋㄧ的ㄉㄜ禮ㄌㄧ物ㄨ和ㄏㄜ徽ㄏㄨㄟ章ㄓㄤ。
聖ㄕㄥ誕ㄉㄢ老ㄌㄠ公ㄍㄨㄥ公ㄍㄨㄥ

「牛大寶的禮物送到了，
往下一站，前進！」

海鷗鎮真的有好多海鷗喔！

「蘋果班的豬小弟在嗎？」

小火車來到鎮上的小花幼兒園。

小朋友剛好從校園門口走出來，

今天是蘋果班的郊遊日。

「這是要送給你的禮物。」

「哇！謝謝。」
豬小弟接過禮物說。

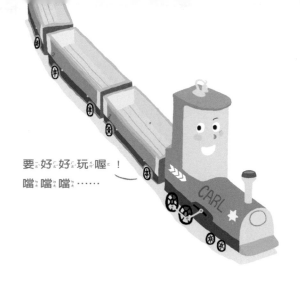

拜拜，小ㄒㄧㄠˇ火ㄏㄨㄛˇ車ㄔㄜ！
我ㄨㄛˇ們ㄇㄣ˙要ㄧㄠˋ出ㄔㄨ發ㄈㄚ了ㄌㄜ˙！

要ㄧㄠˋ好ㄏㄠˇ好ㄏㄠˇ玩ㄨㄢˊ喔ㄛ！
噹ㄉㄤ噹ㄉㄤ噹ㄉㄤ……

拜拜ㄅㄞˋ！

拜拜ㄅㄞˋ！

海ㄏㄞˇ鷗ㄡ鎮ㄓㄣˋ還ㄏㄞˊ有ㄧㄡˇ小ㄒㄧㄠˇ老ㄌㄠˇ虎ㄏㄨˇ、 小ㄒㄧㄠˇ企ㄑㄧˋ鵝ㄜˊ、 小ㄒㄧㄠˇ獅ㄕ子ㄗ˙和ㄏㄢˊ
小ㄒㄧㄠˇ鱷ㄜˋ魚ㄩˊ， 他ㄊㄚ們ㄇㄣ˙也ㄧㄝˇ都ㄉㄡ收ㄕㄡ到ㄉㄠˋ了ㄌㄜ˙勇ㄩㄥˇ氣ㄑㄧˋ禮ㄌㄧˇ物ㄨˋ。

小老虎：
多多練習、準備，
把台下的觀眾看
成西瓜也是好方
法喔。這是送給你
的禮物和徽章。
　　　聖誕老公公

小企鵝：
你好棒，就算再害
怕也不亂動，頭髮
才能剪得超帥的。
這是送給你的禮物
和徽章。
　　　聖誕老公公

小獅子：
恭喜你，終於
不怕水了，而且
蛙式游得很棒
喔!這是送給你
的禮物

小鱷魚：
看牙真的要超
級勇敢，你好
棒，這是送給你
的禮物和徽章。
　　　聖誕老公公

送完海鷗鎮的禮物， 才剛要離開，
卡爾又遇到要去郊遊的蘋果班小朋友。
他們看起來好失望， 原來是巴士的輪胎破了。

小火車問：「你們要去哪裡？」

知道了目的地， 小火車說：「我會經過那裡， 我載你們去吧！」
「太好了！」 「我們得救了！」小朋友們高興得大聲歡呼。

你們是蘋果班，
一起吃蘋果吧！

大家迎著風、唱著歌，一路上好歡樂。

突然，小火車停了下來。

「啊！好高！」原來，前面是一座
又高又長的跨海大橋。

小朋友很害怕，卡爾也很害怕。

該怎麼辦呢？

害怕的時候我就
把眼睛閉起來，
再慢慢的張開。

我會一直噁
茶葉蛋，我最
愛吃茶葉蛋了。

媽媽說，守護天使
會保護小朋友。

CARL

小斑馬說：「我害怕的時候會……」

「噗——」話還沒說完，

小斑馬就放了一個大臭屁！

「噢！我害怕的時候會放、臭、屁。」

「噗——」又一個！

「哈哈，不好意思。」

好臭啊！

噗

噗

你的屁太
可怕了！

拜託你不要
害怕了！

哈哈哈！！！

哇

「哈哈哈哈哈……」

小斑馬的臭屁讓大家都笑了起來。

「你們看！有好多動物都不怕高喔！」

狐狸老師指著天空說。

找到了！

鯨魚也
不怕高！

烏龜也
不怕高！

恐龍也
不怕高！

?

N2000

4

3

2

1

CARL

「我也不怕！」小火車看了看媽媽給他的徽章，繼續勇敢前進。

一二三四五六七
慢慢呼吸別慌張
巨人騎士鐵金剛
我是不怕小勇士

「耶！到了！」

過了跨海大橋，小朋友的目的地就到了。

不知道聖誕老公公
現在在做什麼

原來他們是要去
青青大草原野餐。

謝謝小火車！

拜拜！

謝謝！

再見！

「草_{ㄘㄠ}原_{ㄩㄢ}上_{ㄕㄤ}的_{ㄉㄜ}風_{ㄈㄥ}真_{ㄓㄣ}舒_{ㄕㄨ}服_{ㄈㄨ}啊_ㄚ！」

卡_{ㄎㄚ}爾_ㄦ的_{ㄉㄜ}心_{ㄒㄧㄣ}情_{ㄑㄧㄥ}很_{ㄏㄣ}愉_ㄩ快_{ㄎㄨㄞ}。

最後一站，是大城市。

城市裡有好多房子、
車子，還有更多得到
禮物的小朋友。

小火車把所有的
勇氣禮物都送到了。
「對了！ 還要去找獅子先生。」
卡爾沒有忘記大熊站長
特別交代的事。

獅子先生
已經在門口等了。

你好，小火車，
我們一起走吧！

您好，
獅子先生！

小火車載著獅子先生，
一路上，他們輕鬆的聊天。

你是第一次送
到這麼遠的
地方嗎？

是啊！

終於，
小火車回到了貨運站。

「我回來了！」

大家都為小火車
獨自完成任務鼓掌。

小ㄒㄧㄠˇ火ㄏㄨㄛˇ車ㄔㄜ興ㄒㄧㄥ奮ㄈㄣˋ的ㄉㄜ˙跟ㄍㄣ大ㄉㄚˋ家ㄐㄧㄚ
說ㄕㄨㄛ今ㄐㄧㄣ天ㄊㄧㄢ發ㄈㄚ生ㄕㄥ的ㄉㄜ˙事ㄕˋ。

獅子先生熟練的幫溫蒂換上新零件，
一下子就修好了。 原來， 他是火車的維修人員。
「謝謝獅子先生。」
「不客氣。」

溫蒂說：「 也要謝謝今天
最棒、 最勇敢的小火車。」
「哈哈。」卡爾開心又害羞的笑了。

聖誕老公公又來到貨運站，他走到小火車面前，

拍拍他說：「小火車卡爾，你今天很勇敢，

又幫助了幼兒園的小朋友，

這份禮物是要送給你的。」

呵！呵！呵～

哇！
是特別獎。

這是你
應得的！

小火車卡爾：
勇氣，
是帶著害怕前進，
這是屬於你的禮物
和徽章。
聖誕老公公